Adapté par Kitty Richards
Inspiré de la série d'animation créée par
Dan Povenmire et Jeff « Swampy » Marsh

D1250363

© 2010 par Disney Enterprises, Inc. Tous droits réservés.

Presses Aventure, une division de
LES PUBLICATIONS MODUS VIVENDI INC.
55, rue Jean-Talon Ouest, 2ᵉ étage
Montréal (Québec) H2R 2W8
Canada

Publié pour la première fois en 2009 par Disney Press
sous le titre *Phineas and Ferb Thrill-O-Rama!*

Traduit de l'anglais par Germaine Adolphe

Dépôt légal - Bibliothèque et Archives nationales du Québec, 2010
Dépôt légal - Bibliothèque et Archives Canada, 2010

ISBN 978-2-89660-156-1

Nous reconnaissons l'aide financière du gouvernement du Canada par l'entremise du Fonds du livre du Canada pour nos activités d'édition.

Gouvernement du Québec – Programme de crédit d'impôt pour l'édition de livres – Gestion SODEC

Imprimé au Canada

Première partie

Chapitre 1

Dans sa chambre rose, Candice était assise sur son lit et tenait une banane à son oreille. Elle faisait semblant d'appeler le garçon qui la faisait craquer. « Allô ? dit-elle, je suis bien chez les Johnson ? J'aimerais parler à Jérémy Johnson. Je suis Candice Flynn. Pourquoi j'appelle ? » Elle consulta la liste des *raisons d'appel* dans le cahier ouvert devant elle et en choisit une : « Parce que j'ai une question sur notre devoir de math. Merci. J'attends. »

Elle feuilleta rapidement son cahier. «Voyons, voyons… *blagues d'ouverture, blagues d'ouverture…* Ah, salut Jérémy! C'est Candice Flynn. Sais-tu ce que donne le croisement entre un yak et un Martien?» demanda-t-elle.

À cet instant, la porte de la chambre s'ouvrit en grinçant.

– Chérie, dit une voix, je peux t'interrompre une seconde?

– Waouh, Jérémy Johnson! Tu viens de m'appeler «chérie»? demanda Candice d'un ton taquin.

Voyant soudain sa mère dans l'embrasure de la porte, elle écarquilla les yeux et se mit à rougir.

– Non, c'est moi, répondit Linda. Je dois partir pour mon club de lecture; en cas d'urgence, tu trouveras le numéro de téléphone sur le frigo. Et, Candice chérie?

– Oui, maman?

– J'espère que tu ne passeras pas la journée à parler dans une banane.

Phinéas, le frère de Candice, se tenait sous un arbre du jardin. Il portait un sombrero sur la tête et s'adressait à un public constitué essentiellement de Perry l'ornithorynque, l'animal de compagnie de la famille.

– Mesdames et messieurs, annonça-t-il, je vous présente le spectacle en vogue cet été : le fabuleux *Arbre mariachi* !

Il brandit sa baguette de chef d'orchestre et sept musiciens mariachis perchés sur les branches entamèrent un morceau entraînant. Au-dessus d'eux, son demi-frère Ferb soufflait dans sa trompette, en se penchant tellement en arrière qu'il tomba à la renverse sur le sol.

Dégringolant à leur tour, les mariachis s'entassèrent au pied de l'arbre en gémissant. Ferb se releva au moment où un sombrero atterrit sur sa tête.

Phinéas fronça les sourcils.

– Je pense que la leçon est claire, conclut-il, il ne faut pas boire trop de lait au chocolat avant de planifier les activités de la journée.

Il était temps pour les mariachis de rentrer chez eux.

Phinéas et Ferb les saluèrent.

– Au revoir, les gars ! lança Phinéas, désolé pour la chute, mais bon travail tout de même. Merci pour ce beau sourire, Arturo. *Gracias.*

Sur ces entrefaites, leur amie Isabella s'approcha d'eux. Elle portait une robe rose et une boucle

assortie dans les cheveux. Elle avait le béguin pour Phinéas, qui n'en savait rien.

– Salut, Phinéas ! dit-elle en souriant.

– Oh ! salut, Isabella ! répondit Phinéas.

– Qu'est-ce que tu fais ? Hic !

Elle couvrit sa bouche de ses mains, embarrassée par son hoquet.

– Ça va ? s'inquiéta Phinéas.

– Oui. Je venais juste voir ce que vous – hic – faisiez.

– Hum ! j'ai l'impression que tu as un vilain hoquet !

– C'est vrai, dit Isabella dans un soupir. Ça me rend folle. Hic !

– Ne t'inquiète pas. Ferb et moi allons trouver un remède.

– Hic !

C'est alors que Phinéas remarqua qu'il manquait quelque chose.

– Au fait, il est où Perry ? demanda-t-il.

Perry l'ornithorynque s'était éclipsé vers une ran-gée de poubelles. Là, il se redressa sur ses pattes de derrière et mit son chapeau de feutre mou. Le petit animal domestique de Phinéas était en fait un agent secret : le fameux agent P. Il souleva le couvercle d'une poubelle et se faufila à l'intérieur. Oups, mauvaise poubelle ! Il en ressortit avec une pelure de banane sur la tête, s'en débarrassa et sauta dans la poubelle sui-vante. Un toboggan le mena directement dans la salle de contrôle de sa cave secrète. Il atterrit dans sa chaise, devant un

gigantesque écran vidéo, alors qu'une pluie de détritus s'abattait sur lui.

L'image du major Monogram, son supérieur, apparut sur l'écran. Le major informa son agent des détails de sa prochaine mission.

– Bonjour, agent P, dit-il, le docteur Doofenshmirtz s'est enfui. Nous suivions sa trace quand nous avons perdu le signal.

Sur l'écran vidéo, une carte marquée d'un gros X rouge s'afficha.

– Nous avons deux scénarios possibles pour expliquer sa disparition, poursuivit le major. Soit des elfes l'ont enlevé pour l'envoyer au pays du maïs en colère, soit il s'est caché sur son île secrète gravée d'un D. Les satellites ont trouvé l'île à l'endroit exact où il... a... heu!... disparu... Hum!... oubliez le truc des elfes et du maïs en colère... vraiment trop stupide... et trouvez Doofenshmirtz où qu'il soit. Bonne chance, agent P.

Perry sauta immédiatement dans une décapotable blanche. Des flammes surgirent des côtés de l'automobile, qui décolla comme une fusée.

Pendant ce temps, dans le jardin, Phinéas tentait de trouver une solution au hoquet d'Isabella.

– OK, Isabella, dit-il, le meilleur remède contre le hoquet, c'est une grosse frayeur. Alors, qu'est-ce qui te fait peur?

Isabella se mit à réfléchir, la main posée sur le menton.

– Hic ! Eh bien, il y avait cette maison hantée à la fête foraine… hic… qui m'avait beaucoup effrayée.

Les yeux de Phinéas s'illuminèrent.

– Très bien ! lança-t-il. Ferb et moi allons te construire la maison hantée la plus effrayante qui soit ! Avec des zombies ! Et des loups-garous ! Et des fantômes et des vampires ! ajouta-t-il en faisant mine de cacher son visage avec une cape. Et des sorcières !

Personne n'avait remarqué Candice, debout derrière eux.

– Hem! fit-elle bruyamment.

Phinéas se retourna.

– Oh, salut Candice!

– Phinéas! dit sa sœur d'une voix autoritaire, les mains posées sur les hanches. Ta seule chance de bâtir une maison hantée dans ce jardin, c'est de me supprimer!

– Quelle bonne idée! s'exclama Phinéas en imitant le comte Dracula.

Candice prit un air menaçant.

– Ça suffit, espèce de psychopathe; j'appelle maman.

Elle entra dans la maison et claqua la porte derrière elle. Puis, elle la rouvrit aussitôt.

– Et cette fois, je ne prendrai par la banane pour lui parler! cria-t-elle, avant de refermer la porte brutalement.

Incrédule, Phinéas regarda Ferb et Isabella.

– Je n'ai pas halluciné. Vous avez entendu comme moi?

Ferb et Isabella haussèrent les épaules.

Dans la maison, Candice rageait. Une maison hantée, et puis quoi encore! Elle composa le numéro laissé par sa mère. Ils sont faits comme des rats, pensa-t-elle.

– Oui, allô, dit Candice d'une voix affectée. C'est une urgence. J'aimerais parler à Linda Flynn. Mais qui est à l'appareil?

– Heu, Jérémy! répondit une voix masculine.

Les yeux de Candice devinrent grands comme des melons. Paniquée, elle relut la note inscrite sur le bout de papier qu'elle tenait à la main : Club de lecture chez les Johnson 555-0105. Johnson?

– J-J-Jérémy, balbutia-t-elle, J-J-Jérémy qui?

– Jérémy Johnson, répondit le jeune homme. Ma mère anime un club de lecture aujourd'hui. Qui êtes-vous ?

Candice approcha le bout de papier du combiné et le froissa.

– Il y a de la friture sur la ligne, dit-elle. Je passe sous un tunnel… taches solaires… Je… *No hablo español.*

Elle raccrocha et se couvrit la bouche, morte de honte. Sa journée ne pouvait être pire.

Chapitre 2

Perry sauta d'un avion au-dessus de l'île secrète du Dr Doofenshmirtz. Durant sa descente, deux ailes ressemblant à des queues d'ornithorynque se

déployèrent et lui permi-
rent de planer jusqu'à un
toit, sur lequel il se posa
en douceur. Il enleva son
casque de parachutiste et
ajusta son chapeau de
feutre mou, puis il ouvrit

la trappe d'accès et se glissa à l'intérieur à l'aide d'une corde. L'agent P se retrouva dans une pièce circulaire entourée de  fenêtres. Il se colla contre une caisse de bois, les bras écartés, pour se fondre au décor. Aussitôt, des menottes emprisonnèrent ses poignets, ses pieds et même sa queue. Il était pris au piège.

Dr Doofenshmirtz entra dans la pièce en ricanant.

– Perry l'ornithorynque? Ici? Comment est-ce possible? Je suis si étonné, dit-il, feignant la surprise.

Puis, à l'aide d'une baguette, il montra chacun des déplacements de Perry illustrés sur une série d'affiches.

– Quel génie diabolique je suis pour deviner que tu allais suivre ma trace de là jusqu'ici... trouver ma cachette... voler sous mon radar... t'infiltrer par cette trappe d'accès..., puis te déplacer jusqu'à cette caisse, déclenchant ainsi mes menottes de poignet et de cheville automatiques...

Il pointa ensuite sa baguette sur une autre affiche.

– Et c'est alors que je prends un air étonné, comme si je ne m'y attendais pas, dit-il en mettant sa main sur sa bouche pour joindre le geste à la parole. Oh, Perry l'ornithorynque! Comment? Qu'est-ce que? Qui donc? Pourquoi? Et à la fin, je t'expose mon plan génial.

Il sourit et poursuivit ses explications.

– Tu vois, Perry l'ornithorynque, cette cachette n'est pas vraiment à moi. Elle appartient à mon mentor, le professeur Destructicon! Kevin, pour les intimes.

Tout en parlant, Dr D. pliait sa baguette au point qu'elle bondit de ses mains et alla fracasser quelque objet plus loin.

– Malheureusement, on l'a capturé avant qu'il ait pu réaliser son projet : mettre le feu au soleil! Plutôt tordu, j'en conviens, mais avant d'être emprisonné, Kevin m'a demandé de lui rendre un petit service. Pour que personne ne découvre sa cachette et ses secrets, il voulait que je mette le feu au soleil! Je lui ai dit : mais, mon gars, le soleil, c'est déjà une boule de feu; laisse tomber, c'est ridicule!

21

Dr Doofenshmirtz retourna près de Perry.

– Alors il m'a demandé de détruire sa cachette, ce que je vais faire grâce à mon nouveau Désinté-vaporator.

Avec une joie non dissimulée, il retira un drap pour dévoiler un petit appareil portatif violet. Il se racla la gorge d'orgueil.

– Et toi, Perry l'ornithorynque, tu seras désinté-vaporisé en même temps que la cachette !

Il gloussa joyeusement. En fin de compte, l'un de ses plans démoniaques allait enfin réussir.

Pendant ce temps, Candice se préparait psychologiquement à rappeler Jérémy. Elle souleva le combiné.

Respire bien et détends-toi, se dit-elle. Elle inspira profondément et plongea dans la conversation :

– Allô, heu !... Linda Flynn, s'il vous plaît. Mais si elle est trop occupée... je pourrai laisser mon message à un enfant de la maison.

– Qui est-ce ? demanda une voix de petite fille.

– Candice, Candice Flynn, dit-elle avec nervosité. À qui ai-je l'honneur ?

– Je suis Suzie, la petite sœur de Jérémy.

– Ah, Suzie ! c'est un plaisir de...

– Tu appelles pour Jérémy, n'est-ce pas ? interrompit Suzie.

Candice écarquilla les yeux et bredouilla :

– Jérémy, heu !... non, non, pas du tout !

Malgré son jeune âge, Suzie était habituée à ce que des filles appellent son frère aîné. Elle connaissait tous leurs trucs.

– Tu dis que tu veux parler à ta mère, mais en réalité, c'est à Jérémy que tu veux vraiment parler, n'est-ce pas ?

Candice avala de travers.

– Mais non, tu te trompes ! protesta-t-elle.

– Désolée, dit Suzie en froissant un bout de papier devant le micro du combiné, il y a de la friture sur la ligne.

– Arrête de froisser du papier ! Je connais le truc.

– Au revoir.

– Non, ne raccroche pas ! Tu as raison, admit Candice, je veux parler à Jérémy.

– C'est bien ce que je pensais. Jérémy, il y a une fille pour toi au téléphone ! appela Suzie. Et, toi, n'oublie jamais que je suis et que je serai toujours le petit trésor de Jérémy. Compris ?

– Mmm… répondit Candice en hochant la tête. D'accord.

Jérémy prit le combiné.

– Merci, mon petit trésor, dit-il à Suzie.

Puis, il parla dans le combiné :

– Ici Jérémy.

– Jérémy !

– Candice ?

– Heu !... oui, c'est moi, répondit-elle en riant nerveusement.

– Tu sais que ta mère est ici pour le club de lecture ?

– Oui. C'est pour cela que j'appelle. J'ai une question idiote à lui poser.

– Ils sont en pause-café... Tu veux venir ? On pourrait discuter.

Candice mit sa main sur le combiné et cria de toutes ses forces.

Dans le jardin, Phinéas et Ferb signaient un bon de réception quand le cri s'éleva.

– C'était super, Ferb, dit Phinéas, mais tu devrais garder ces hurlements pour plus tard, quand la maison hantée sera opérationnelle.

Ferb regarda Phinéas d'un air ahuri.

De son côté, Candice n'en revenait pas : Jérémy l'avait invitée chez lui !

– Oui, bien sûr ! répondit-elle une fois remise de ses émotions.

– Alors, on se voit dans vingt minutes.

Jérémy n'eut aucune réponse, car Candice s'était effondrée sur le plancher de la cuisine.

Dr Doofenshmirtz se tenait près d'un grand avion à réaction violet, prêt à embarquer plusieurs boîtes d'effets personnels.

– Maintenant, je vais emporter quelques babioles que le Professeur Destructicon m'a permis de garder ici, dit-il. S'il y a une chose que Kevin comprend bien, c'est l'importance de l'espace de rangement. Bon, je n'ai plus qu'à prendre les clés du jet pour m'échapper et heu !... Hum !... j'étais sûr de les avoir mises dans ma poche de blouse... Oh ! elles sont probablement sur la table de l'ordinateur.

Il s'y rendit sans rien trouver.

Perry regarda par terre et... voilà, les clés étaient là, attachées à une jolie chaînette, tout près de l'une de ses pattes palmées ! Lentement,

silencieusement, il couvrit le trousseau de sa patte et le glissa hors de vue.

Dr Doofenshmirtz continuait sa recherche désespérément.

– Ah, la cuisine ! s'écria-t-il. Ohé, petites clés !

Ne les trouvant pas, il s'approcha de Perry et lui demanda :

– À tout hasard, aurais-tu vu les clés de mon jet ?

Perry acquiesça de la tête.

– Ah, tu sais où sont les clés, se réjouit Dr D. Alors, où sont-elles ?

Perry ferma les yeux et tourna la tête. Il n'allait d'aucune manière informer le savant diabolique de l'endroit où il avait caché ses clés.

– Tu ne me le diras pas ? lança le méchant, en regardant Perry avec incrédulité. C'est parce que tu ne peux pas parler ou parce que tu es un idiot ?

Candice n'arrivait pas à croire que Jérémy l'avait enfin invitée chez lui. Chose certaine, il ne lui restait plus grand temps pour trouver la tenue idéale. Le plancher de sa chambre était couvert de vêtements : pantalons, chemisiers, robes, jupes, souliers et bottillons; en fait, presque toute sa garde-robe gisait par terre.

Comme elle faisait dos à la fenêtre, elle ne vit ni Phinéas qui passait avec une guillotine ni Ferb qui poussait une civière contenant un faux cadavre.

Au bout d'un moment, elle trouva un T-shirt qui lui donna l'idée d'une tenue décontractée, mi-vedette pop mi-vedette d'Hollywood, un rien prestigieuse et divine.

Cette fois, elle ne vit pas ses frères qui transportaient une armure et une tête de Frankenstein dans un bocal.

Elle se pencha pour fouiller dans une pile géante de fringues.

Voilà ! Elle avait fini. Elle courut dans le jardin, vêtue d'un T-shirt court, d'un jeans et de bottillons, avec un foulard passé négligemment autour du cou. Même son casque de vélo s'harmonisait à sa tenue.

– Salut, les garçons, je vais au club de lecture chez les Johnson… Jérémy m'a invitée, dit-elle en souriant fièrement.

Candice était tellement distraite qu'elle ne remarqua pas Ferb qui aiguisait une hache ou Phinéas qui tenait un bocal contenant la tête de Frankenstein.

– Heu !… Quand tu verras maman, dit Phinéas, préviens-la que des serpents se sont échappés dans la maison.

– D'accord, répondit-elle avec un grand sourire. Amusez-vous bien !

De toute évidence, elle n'avait prêté aucune attention à ce que son frère venait de lui dire.

Chapitre 3

Des jeunes du voisinage s'étaient réunis dans le jardin. Il y avait les filles de la brigade du feu, vêtues de leur uniforme de jeannettes; Buford, la brute du village; et Baljeet, l'ami de Phinéas et de Ferb.

Ferb était assis sur une grosse caisse, alors que Phinéas s'adressait au groupe:

– Merci les copains d'être venus aussi vite. Buford, je sais que tu as raté ta partie de canasta.

31

– J'espère que ça vaut le coup, dit Buford en frappant son poing dans sa paume.

– Oh, oui ! le rassura Phinéas. Isabella est maudite…

Les enfants poussèrent un cri d'horreur.

– Elle a le hoquet, continua Phinéas.

– Oh ! gémirent les enfants.

– Le pire des hoquets, expliqua Phinéas. On a donc construit cette maison hantée pour lui faire peur. Pour réussir, chacun doit y mettre du sien. On doit fouiller dans les moindres recoins de nos esprits pour identifier ce qui nous fait trembler, nous terrifie… Comme vous pouvez le constater, notre maison hantée dernier cri est contrôlée électroniquement par cet orgue géant. Chaque écran

correspond à une pièce de la maison et il suffit d'appuyer sur les touches pour déclencher des surprises plus effroyables les unes que les autres.

Pour en faire la démonstration, Phinéas frappa une note au hasard et un fantôme surgit de la caisse sur laquelle Ferb était assis. Le garçon fut catapulté dans les airs et atterrit dans la maison hantée.

– Donc, avec votre aide, mes amis, nous allons mettre fin aux contractions involontaires du diaphragme d'Isabella pour la guérir de son hoquet.

Au même moment, la porte principale de la maison hantée s'ouvrit et Ferb en sortit en titubant.

– Oh, te voilà, Ferb! dit Phinéas avant de se retourner vers le groupe. OK, tout le monde, que l'horreur commence!

Sur son île secrète, Dr Doofenshmirtz cherchait toujours ses clés. Il finit par jouer à « chaud ou froid » avec Perry.

– Alors, est-ce que je chauffe? demanda-t-il.

Perry ne répondit rien.

– Ah, ah! Le canapé. Mes clés sont tombées entre les coussins, n'est-ce pas?

Toujours pas de réponse.

– Oh! allons, Perry l'ornithorynque!... Je t'ai piégé loyalement, alors accepte ta mort avec dignité et maturité, et joue le jeu avec moi!

Dr D. s'approcha de l'agent P, qui grimaça.

– D'accord, fais comme tu veux, dit le savant en croisant les bras. Je trouverai mes clés tout seul et je t'enseignerai le sens de l'expression *élégance dans l'adversité*.

Le Désintévaporator émit un bip. Le compte à rebours indiquait « 20:47 » en gros chiffres rouges. Le temps fuyait.

Pour le professeur diabolique, *élégance dans l'adversité* signifiait apparemment « se mettre à quatre pattes et implorer ».

– Pitié ! Je ferai tout ce que tu voudras. Pour l'amour du fantôme de César, dis-moi où sont mes clés !

L'indicateur montrait maintenant « 10:39 ». Perry souriait. Il avait un plan. Il exigea que le savant se mette en équilibre sur un pied, sur un ballon de caoutchouc, tout en faisant tourner deux assiettes.

Ce fut laborieux.

– Aaah ! aaah ! cria Dr D. en tombant du ballon.

Candice pédalait allègrement vers la maison de Jérémy; elle flottait sur un nuage de bonheur. Un arc-en-ciel déployait ses vives couleurs sur le bleu du ciel; les roses s'épanouissaient; les oiseaux chantaient; et les papillons voletaient. Un fleuriste ambulant lui offrit un bouquet, puis la gratifia d'un baisemain.

Candice toutefois ne se doutait pas que Suzie, la sœur de Jérémy, et son minuscule caniche la surveillaient depuis une fenêtre. Le chien montra les dents dès qu'il la vit arriver; Suzie ferma le store et ouvrit la porte d'entrée en souriant méchamment. Ignorant ce qui l'attendait, Candice retira son casque  et se pencha pour le déposer par terre. À cet instant, le caniche bondit sur elle et lui mordit les fesses.

– Arrête, sale bête! cria-t-elle. Tu vas déchirer mon jeans de marque!

Le cabot ne lâchait pas prise. En se retournant, Candice vit Suzie qui s'apprêtait à ouvrir le robinet des arroseurs de pelouse.

– Non, Suzie, ne fais pas ça ! hurla-t-elle.

Trop tard !

De puissants jets d'eau douchèrent Candice et la renversèrent face contre terre. Elle releva la tête et vit l'arrière d'un camion-jouet télécommandé arriver à quelques centimètres de son nez.

– Hein ? dit-elle, surprise.

Soudain, les roues du camion se mirent à tourner à toute vitesse, projetant des filets de boue visqueuse sur son visage.

Suzie ricanait en faisant avancer et reculer le camion dans la boue, de façon à en éclabousser Candice de la tête aux pieds.

– Aaah ! gémit Candice, pourquoi me fais-tu ça ?

Suzie répondit par un rire malicieux.

Sur ces entrefaites, Jérémy apparut dans le cadre de la porte.

– Suzie? demanda-t-il. Qu'est-ce qui se passe ici ?

Puis, il aperçut Candice étendue dans l'herbe boueuse, avec le caniche qui s'acharnait sur son fond de pantalon.

– Candice ?

– Oh, ah, heu !... salut, Jérémy !

Candice sourit faiblement. Elle faisait comme s'il était tout à fait normal de se vautrer dans la boue, sur la pelouse d'une maison, avec un petit caniche greffé au derrière.

Suzie se tourna vers son frère.

– Les bras ! fit-elle d'une voix de bébé.

Jérémy se pencha pour prendre sa petite sœur.

Candice rageait. Elle parvint à se relever et, pointant un doigt accusateur vers Suzie, elle s'écria :

– Non... ne la prends pas, elle est diabolique ! Elle me veut du mal. Regarde ce qu'elle m'a fait !

– Mais qu'est-ce que tu racontes, répondit Jérémy en riant. Mon petit trésor ne ferait pas de mal à une mouche.

Suzie éclata d'un rire enfantin.

Candice plissa les yeux.

– Jérémy, elle a essayé de se débarrasser de moi, dit-elle en se prenant la tête entre les mains. Je n'en peux plus. Je m'en vais !

– Candice, attends...

– Non, puisque tu ne veux rien comprendre ! Je ferais mieux de partir pendant qu'il me reste un brin de dignité.

Elle ramassa son casque, avec le caniche accroché dessus, et le mit sur sa tête.

– Candice, reviens ! lança Jérémy.

Mais la jeune fille s'enfuit en pédalant de toutes ses forces.

Suzie était aux anges; elle avait accompli son travail. Elle salua Candice candidement.

– Au revoir! dit-elle, bien blottie dans les bras de son frère.

Personne ne m'enlèvera Jérémy, pensa-t-elle, satisfaite.

Chapitre 4

Isabella entra dans le jardin.

– Salut, Phinéas, dit-elle. Qu'est-ce que tu…
Phi… Phinéas, hic !

À cet instant, elle se rendit compte qu'elle se
trouvait devant une vaste maison hantée, avec
des chauves-souris qui volaient autour du donjon.
Elle se couvrit le visage et cria, car les bestioles
ailées plongeaient sur elle. Puis, une ombre plana
au-dessus de sa tête. Elle en eut le souffle coupé.
Ensuite, une limace monstrueuse rampa dans sa

direction, l'obligeant à reculer jusqu'à la porte de la maison hantée.

L'énorme limace avait des yeux rouges globu-leux et une bouche béante qui laissait paraître une langue verte et des dents pointues.

Malgré l'aspect vraiment effrayant du costume, Isabella savait que Phinéas s'y cachait.

– Hic ! fit-elle. Ça n'a pas marché.

Phinéas soupira. Il ouvrit la fermeture à glissiè-re de son déguisement de monstre. À présent, il portait un déguisement de savant fou, des gants jaunes et une perruque géante rouge et marron.

– Qu'est-ce que tu as d'autre ? demanda Isabella impatiemment.

Phinéas se frotta les mains d'anticipation.

– Oh, plein de surprises ! Si tu as le courage de me suivre.

Isabella prit la main gantée de Phinéas.

– Oh, oui-hic ! Je te suis.

Phinéas poussa la porte, qui grinça sinistrement, et entra dans la maison hantée en tenant Isabella par la main. Ferb, déguisé en monstre de Frankenstein, jouait une musique lugubre sur l'orgue.

Dès lors, des visions terrifiantes allaient se succéder sans relâche. Les lumières s'éteignirent et, quand elles se rallumèrent, peu de temps après, des créatures hideuses entouraient les deux amis.

Phinéas et Isabella traversèrent rapidement une pièce remplie d'ossements, gardée par des chiens aux yeux verts fluo. Dans la salle suivante,

deux rangées de fantômes se formèrent à leur passage. Ensuite, toujours main dans la main, ils se précipitèrent vers un immense escalier en colimaçon qu'ils montèrent en courant. À l'étage, un horrible diable en boîte jaillit sans crier gare. Des haches menaçantes et d'autres armes dangereuses décoraient les murs. Au bout du couloir, une armure abattit une énorme hache de combat juste devant leurs pieds.

Ils sautèrent par-dessus la hache et entrèrent dans une pièce, où les attendait Baljeet, déguisé en feuille d'examen de math, sur laquelle on pouvait lire la note 0/20.

– Bouh! Bouh!

– Salut, Baljeet! dit Phinéas en reconnaissant son ami.

Baljeet secoua la tête.

– Non, je ne suis pas Baljeet. Je suis votre pire cauchemar: un zéro sur vingt en mathématiques!

Il leva les bras pour tenter de les effrayer.

Phinéas n'était pas très impressionné.

– Isabella, dit-il, fuyons cette note cauchemardesque.

Baljeet les poursuivit en criant:

– Vous pouvez fuir, mais jamais vous n'aurez droit au collège de votre choix avec un zéro!

Sur leur trajet, Phinéas et Isabella rencontrèrent un gros robot, un groupe de sorcières zombies aux longs cheveux verts, un corridor rempli de portraits effrayants et de douzaines d'araignées très laides qui descendaient du plafond. Ils traversèrent ainsi toute la maison au pas de course.

Ils pénétrèrent dans une pièce sombre, où un personnage debout dans un coin serrait un petit chien dans ses bras. Une brise faisait flotter les rideaux.

– Ohé, Buford ! appela Phinéas.

Le personnage sortit de l'ombre. Il ressemblait à une fillette avec deux couettes tressées.

– Je suis le diable en personne, déclara-t-il, en lâchant le petit chien en peluche.

Phinéas n'en croyait pas ses yeux.

– Buford, tu t'es déguisé en Suzie, la petite sœur de Jérémy ? Tu m'as assuré que tu serais effrayant.

– Mais elle est effrayante, mon pote ! Elle me fout les jetons.

Phinéas et Isabella dévisagèrent Buford.

– La petite Suzie Johnson te fout les jetons ? demanda Phinéas, sceptique.

Buford hocha la tête.

– Tu ne peux pas comprendre, tu ne peux pas comprendre…

Phinéas et Isabella reculèrent lentement pour s'extraire de la pièce.

– Heu !…on repassera plus tard, d'accord ?

Buford posa un genou par terre, ouvrit un robinet et se frotta les mains en répétant :

– Je dois laver le monstre en moi, je dois laver le monstre en moi.

En sortant de la pièce, Phinéas attrapa une corde qui les hissa, lui et Isabella, tout en haut de la maison. Durant leur ascension, des chauves-souris les encerclaient en grinçant bruyamment et, à leur arrivée, une voiture de montagnes russes, au capot orné d'une tête de mort, les attendait.

Ils embarquèrent dans la voiture, qui démarra et fila à toute vitesse devant des pierres tombales, des araignées, des monstres et des clowns méchants.

Puis, ils s'arrêtèrent là où ils avaient commencé leur visite, tout près de l'orgue sur lequel Ferb jouait ses mélodies maléfiques. Les entendant arriver, Ferb se retourna et lâcha un rire démoniaque.

Toujours assis dans la voiture de montagnes russes, Phinéas se tourna vers son amie.

– Alors, ça a fonctionné ?

– Hic !

– C'est la réponse que je craignais, dit Phinéas. Il y a encore un truc qu'on peut essayer...

Candice pédalait comme une forcenée, le caniche enragé toujours greffé à son casque. C'est alors qu'elle vit quelque chose qui la fit s'arrêter brusquement. Le chien tomba de son casque et s'enfuit en jappant.

Elle n'en croyait pas ses yeux. Une maison hantée géante se dressait dans leur jardin. Et elle n'aimait pas ça du tout.

Pendant ce temps, sur l'île gravée d'un D, Dr Doofenshmirtz essayait toujours de reprendre les clés de son jet.

– Alors, dit-il, si je te libère, tu me donneras les clés ?

Perry acquiesça.

– Tu aurais pu me proposer ce marché il y a une heure ! s'exclama le savant.

Il appuya sur un bouton de sa télécommande et les menottes disparurent dans la caisse. Perry leva alors son pied palmé, révélant les clés.

– Oh, elles étaient cachées sous la papatte de l'ornithorynque.

Riant comme un maniaque, Dr D. saisit le trousseau et courut vers son avion. Il déverrouilla la porte en maniant gauchement les clés, puis une à une, il embarqua ses caisses d'effets personnels.

– Vite, vite, vite, je dois faire vite, dit-il en sautant dans le fauteuil de pilotage. Ceinture de sécurité et contact !

Il appuya sur un bouton et, aussitôt, le toit de la caverne secrète s'ouvrit.

Le savant était à bout de souffle. Il s'essuya le front en s'exclamant :

– Ouf, il s'en est fallu de peu ! Maintenant, je vais m'assurer que, dans la hâte, je n'ai rien oublié.

Il se retourna et commença l'inventaire de ses possessions.

– Bon, j'ai ma baballe, ma lampe, ma guirlande de Noël, mon parapluie, mon Perry l'ornithorynque, mon Désintévaporator, mes bâtons de golf… *Perry l'ornithorynque ? Le Désintévaporator ? Mes bâtons de golf ?* Je ne joue même pas au golf !

Perry s'élança vers le savant diabolique pour l'attaquer. Dr D. l'attrapa et l'envoya de l'autre côté du jet, puis il sauta sur lui. Mais Perry reprit le dessus, souleva le méchant et le lança sur le plancher.

Dr Doofenshmirtz leva la main en signe d'arrêt des hostilités.

– Arrête, attends une minute ! J'ai un cheveu sur la langue.

Après avoir ôté le cheveu en question, il s'empara d'une guirlande d'ampoules vertes et rouges provenant d'une boîte portant l'inscription « Trucs de Noël ». Il la fit tournoyer comme un lasso et la lança sur Perry.

La guirlande s'enroula autour de l'agent secret et accrocha accidentellement une manette. On entendit un déclic et l'écoutille s'ouvrit. Les possessions de Dr Doofenshmirtz s'envolèrent les unes après les autres, aspirées à l'extérieur de l'avion.

– Ha, ha ! cria le savant. Puisque tu as contribué à l'ouverture de l'écoutille, je vais t'aider à sortir.

Il retourna aux commandes de l'appareil et fit un virage serré à gauche. Perry fut alors projeté à l'extérieur de l'avion, en même temps que le  reste des effets personnels de Dr D. Mais, au dernier moment, l'agent P attrapa la guirlande lumineuse toujours accrochée au jet et il s'y agrippa.

Pendant ce temps, devant la maison hantée, Candice fulminait.

– Ces deux-là sont dans le pétrin jusqu'au cou, dit-elle.

À l'intérieur, Phinéas exécutait un dernier plan pour venir à bout du hoquet d'Isabella.

– OK, Ferb, tu peux monter l'antenne.

Ferb tourna une roue, et un paratonnerre géant vert fluo sortit du toit.

– Voyons si on peut élever le facteur épouvante d'un cran. Notre maison hantée est alimentée par l'électricité statique. Un bon éclair nous permettrait d'intensifier les choses.

Candice entra dans le hall obscur de la maison hantée.

– Ohé, il y a quelqu'un ? Phinéas ? Ferb ? demanda-t-elle d'une voix incertaine.

La porte de la maison se referma violemment.

Candice était prise au piège.

– Bon, arrêtez votre manège ! Sortez de votre cachette; je commence à être vraiment en colère.

Soudain, elle sentit une chose passer en flèche dans son dos. Au même moment, un énorme monstre surgit devant elle et ouvrit sa gueule. De cette gueule ouverte sortit une autre tête de monstre plus petite, qui s'ouvrit à son tour pour révéler une tête encore plus petite, qui s'ouvrit à son tour... Candice hurla comme une folle, les cheveux dressés sur la tête, et s'enfuit à toutes jambes.

Après le départ de Candice, trois filles de la brigade du feu enlevèrent leur masque en ricanant de satisfaction. Leur numéro avait fait un effet *monstre*.

Candice se retrouva ensuite dans un corridor longé de portes fermées. Elle en ouvrit une au hasard et entendit un cri strident. Elle cria tout aussi fort et décampa. Dans le couloir, un chandelier allumé, d'allure fantomatique, la poursuivit. Elle entra précipitamment dans une pièce pour s'y cacher.

Elle était maintenant dans l'obscurité, à bout de souffle. Dans le noir brillaient deux yeux luminescents. La main tremblante, elle trouva l'interrupteur et l'actionna. La lumière se fit.

Ce qu'elle vit lui tordit les boyaux. Un vampire suspendu au plafond, la tête en bas, lui dit d'une voix mielleuse :

– Bonsoir, nous sommes bien le soir, n'est-ce pas ?

– Aaah !

Candice sortit en trombe de la pièce, en même temps qu'une bande de chauves-souris hargneuses. Puis, apparurent des têtes de dragon, des squelettes dansants, une tête de bébé géante et le monstre de Frankenstein.

Pendant ces moments de terreur absolue, Candice n'avait qu'un nom en tête : PHINÉAS !

Chapitre 5

Phinéas observait l'indicateur de niveau d'électricité statique.

– Holà ! cria-t-il, c'est trop fort, Ferb, beaucoup trop fort; fais attention !

Candice avait réussi à semer les monstres verts et à traverser la chambre des ossements, ainsi que le couloir aux multiples araignées suspendues. Dans sa course folle, elle entra en collision avec Buford. Baljeet se tenait derrière lui.

Quand elle vit Buford la Brute déguisé en Suzie, sa pire ennemie, Candice hurla de toutes ses forces. Buford et Baljeet en firent autant. Toujours en hurlant à s'époumoner, elle s'enfuit parmi des fantômes dansants et passa à fond de train devant les murs tapissés d'armes menaçantes, qui étaient toutes pointées vers elle. Elle termina sa course par un sprint qui l'amena en haut des marches d'un long escalier; où elle s'écroula sur une vieille malle. Sans avertir, la malle s'ouvrit et un affreux diable à ressort en sortit. La jeune fille fut projetée dans les airs et atterrit dans la voiture des montagnes russes, qui démarra sans tarder.

À la fin du tour de manège infernal, la voiture s'arrêta net, éjectant Candice, qui tomba à plat ventre aux pieds de Phinéas et d'Isabella.

– Candice ? dit Phinéas.

Celle-ci se releva péniblement, en lui lançant un regard furibond.

– Phinéas, le prévint-elle, quand maman saura que tu as construit une maison hantée dans le jardin, avec des loups-garous et des vampires et une tête de bébé géante qui flotte dans les airs…

Justement, la tête de bébé apparut et se mit à babiller.

– Non, pas maintenant ! lui dit Candice sèchement.

La tête de bébé la regarda et se mit à pleurer.

– Et puis, il y avait ce type vêtu d'une armure qui a failli me décapiter, poursuivit Candice. Oh, vous me rendez folle ! Mais attendez que je raconte à maman. Je vous promets que vous allez y goûter !

Le groupe la regarda s'éloigner.

Phinéas se tourna vers Isabella.

– À tout hasard, est-ce qu'elle a réussi à te faire peur ? demanda-t-il.

– Hic !

Candice se dirigea vers l'ascenseur de la maison hantée et appuya sur le bouton. Les portes s'ouvrirent et elle y pénétra. Elle entendit la tête de bébé géante qui gazouillait dans son dos. Elle se retourna et leva les bras au ciel, exaspérée.

– Va jouer ailleurs ! grogna-t-elle.

La tête de bébé sortit de l'ascenseur en pleurant.

L'avion du Dr Doofenshmirtz volait dans le ciel. Perry y était toujours attaché, grâce à la guirlande de Noël. Mais alors que l'appareil passait

au-dessus de la maison hantée de Phinéas et de Ferb, le bout de la guirlande s'enroula autour du paratonnerre.

Candice entendit une voiture se stationner dans l'allée de la maison. Elle sauta de joie.

Sa mère était rentrée juste à temps pour prendre Phinéas la main dans le sac. Jamais il ne pourrait expliquer ce coup fumant.

Linda sortit de l'auto en portant un sac de provisions, puis elle referma la portière derrière elle.

Candice courut vers la voiture.

– Maman, maman, maman ! Viens voir ce que Phinéas et Ferb ont fabriqué, cria-t-elle d'un seul souffle.

Alors que Buford et quelques-uns des autres enfants regardaient le spectacle aérien qui se déroulait dans le ciel, l'avion commença à arracher la maison hantée de ses fondations. Les jeannettes quittèrent les lieux en panique, suivies de Ferb et d'Isabella. La maison s'éleva au-dessus du jardin. Phinéas sortit la tête à travers un trou dans le mur.

– Mais que se passe-t-il ? Hé, les gars, aidez-moi !

– Phinéas ! cria Isabella, impuissante.

Phinéas se pencha davantage et le mur s'effondra. Il tomba ensuite de la maison, précipité à toute vitesse dans le vide.

Sans perdre une seconde, Isabella rallia les filles de la brigade du feu.

– Vite, trampoline de sécurité, ordonna-t-elle.

Les filles réunirent leurs écharpes. En un rien de temps, elles tissèrent une sorte de filet de pompier, qu'elles tendirent en tenant chacune un coin. Phinéas y atterrit sans se blesser, puis il rebondit et tomba dans les bras d'Isabella.

– Là, tu m'as fait vraiment très peur, dit Isabella. D'ailleurs, mon hoquet a disparu !

Ferb leva son pouce pour la féliciter.

Candice avait entraîné sa mère dans le jardin. Elles regardèrent les filles de la brigade du feu qui passaient à la file indienne, puis Candice s'exclama :

– Tu vois, maman, ces petits garnements ont détruit notre beau jardin et laissé cette monstruosité à la place.

Du doigt, elle indiqua l'endroit où la maison hantée se trouvait un instant plus tôt. À présent, son doigt pointait vers Baljeet, qui les salua poliment.

– Bonjour, Baljeet ! dit Linda, avant de lancer un regard réprobateur à sa fille. Ce n'était pas très gentil, Candice, lui reprocha-t-elle en secouant la tête.

Perry se laissa glisser le long de la guirlande de Noël, jusqu'au toit de la maison hantée qui volait dans les airs. Au même moment, Dr Doofenshmirtz jeta le Désintévaporator hors de l'avion, dans sa direction.

– Au revoir, Perry l'ornithorynque ! Bonne désintévaporation !

L'engin destructeur toucha le toit de la maison et, ce faisant, il sectionna la guirlande de Noël qui rattachait la bâtisse à l'avion. Perry fut éjecté dans les airs. Avec son calme légendaire, il déploya un parachute qu'il avait caché dans sa fourrure.

La maison hantée, libérée de l'avion, s'écrasa au sol juste derrière Candice.

Cette fois, je les tiens, se dit-elle en savourant sa victoire d'avance.

Elle courut vers la maison, ouvrit la porte et appela sa mère :

– Maman, viens voir ! Elle est revenue !

Sur le toit de la maison hantée, le compte à rebours du Désintévaporator continuait à s'égrener. Cinq… quatre… trois… deux… un…

Un éclair désintévaporisa la maison hantée.

Candice sortit de chez elle en tirant Linda par la main.

– Crois-moi, elle est revenue !

Les yeux rivés sur sa mère, Candice indiqua l'endroit où, quelques secondes plus tôt, la maison hantée avait atterri. Mais sa mère ne vit que Baljeet.

– Heu ! excusez-moi, j'avais oublié mon sac, dit le garçon en montrant son cartable.

Linda en avait assez des sottises de sa fille.

– Au revoir Candice, dit-elle en soupirant.

Elle referma la porte derrière elle.

Candice resta pantoise, clignant des yeux. Isabella s'approcha d'elle et demanda :

– Qu'est-ce qui ne va pas ?

– Phinéas et Ferb ont gâché ma journée, se plaignit Candice. En plus, j'ai raté mon rendez-vous avec Jérémy.

Isabella lui offrit un regard compatissant.

– Je suis désolée pour toi, mais tu sais, pour moi, ce fut exactement le contraire. Comme j'avais un hoquet tenace, ton frère Phinéas s'est occupé de moi toute la journée. C'était merveilleux, conclut-elle gaiement.

– Le hoquet ? répéta Candice.

Isabella hocha la tête en souriant.

– Hé ! Candice ! dit une voix masculine, tu t'es sauvée si vite qu'on n'a même pas eu…

Candice se retourna. C'était Jérémy !

– Hic ! répondit-elle.

Jérémy prit un air soucieux.

– On dirait que tu as attrapé le hoquet, dit-il en posant sa main sur l'épaule de Candice.

– Hic !

– Viens, on va voir ce qu'on peut faire pour toi.

Il mit son bras autour d'elle et ils marchèrent ensemble.

– Tu sais, Candice, poursuivit-il, j'ai un verre gravé à ton nom.

Chemin faisant, ils croisèrent Suzie, la sœur de Jérémy. Candice regarda la petite peste en crachant comme un chat.

– Hé ! Pourquoi elle fait ça ? demanda Suzie à Buford.

Buford gloussa nerveusement.

– Ah... hum !... je dois... heu !... y aller, bafouilla-t-il.

Phinéas et Ferb se détendaient dans le jardin. Phinéas était appuyé contre un tronc d'arbre, les mains croisées derrière la tête. Ferb était étendu dans l'herbe près de Perry.

– C'était une journée vraiment géniale, dit Phinéas. À ton avis, Ferb, quelle était la chose la plus effrayante ?

Ferb parlait pour la première fois ce jour-là. Il n'avait pas à y penser deux fois.

– Sans aucun doute, la tête de bébé flottante, dit-il.

Phinéas se tourna vers lui.

– Ouais ! acquiesça-t-il.

Il réfléchit une minute et ajouta :

– D'ailleurs, d'où elle venait ?

Ferb haussa les épaules.

Phinéas fronça les sourcils.

– Hum !… fit-il, songeur.

À ce moment, il entendit Isabella lâcher un gros « hic » !

Phinéas sourit. Ferb et lui n'avaient peut-être pas guéri le hoquet d'Isabella, mais ils s'étaient drôlement bien marrés.

Deuxième partie

Chapitre 1

Phinéas et Ferb avaient pour devise : *L'été est court, il faut en profiter chaque jour,* une formule qu'ils appliquaient à la lettre. Ainsi, les demi-frères avaient le don de transformer une journée parfaitement ennuyeuse en une palpitante aventure. Ce jour-là, ils faisaient la queue au cinéma Pharaon en compagnie de Lawrence, le père de Ferb (qui était aussi le beau-père de Phinéas) et de Candice, la sœur aînée de Phinéas (qui était aussi la demi-sœur de Ferb). Ils s'en allaient voir

La momie – 2 tombes, un classique du genre. Le cinéma était fabuleux; c'était un temple égyptien formé de colonnes, d'une pyramide géante et d'un gros sphinx doré.

Comme d'habitude, Phinéas et Ferb avaient des projets en tête et Candice, qui s'en doutait bien, gardait un œil vigilant sur eux. Elle *savait* que son petit frère aux cheveux roux préparait un mauvais coup et qu'il entraînerait Ferb, son fidèle et dévoué complice. Vêtu de son pantalon taille haute préféré, Ferb portait sous son bras Perry, leur ornithorynque de compagnie.

– Vous savez, les enfants, dit leur père en achetant les billets, ce cinéma a été construit il y a plus de soixante-dix ans dans un style néo-égyptien et, apparemment, on y a déjà exposé des tombes de pharaons et des momies dans leur sarcophage.

Ils entrèrent dans le cinéma, en passant devant une affiche du film *La malédiction des os*, qui montrait un crâne enflammé.

– On ne pouvait pas choisir un meilleur endroit pour voir un film de momie, conclut Lawrence.

Phinéas sourit à Ferb. Des momies dans leur sarcophage ? Les choses devenaient intéressantes.

Ils s'installèrent dans leur siège et *La momie – 2 tombes*, un film en noir et blanc, débuta. Dans la première scène, un petit archéologue affublé d'une grosse moustache et d'un casque colonial éclairait, avec une torche, une inscription gravée dans la pierre. Un autre archéologue, grand et maigre, regardait les hiéroglyphes par-dessus son épaule. À côté d'eux, dans un sarcophage couvert de toiles d'araignées, une momie ancienne reposait les bras croisés sur la poitrine.

– Il y a une inscription ici, dit le petit archéologue. Sans doute, une incantation magique. *Oh, wah ta goo siam*, déchiffra-t-il.

À cet instant, la momie ouvrit tout grands ses yeux injectés de sang.

Dans la salle, Phinéas et de Ferb ouvrirent leurs yeux tout aussi grands.

Phinéas se tourna vers son beau-père.

– Papa, où peut-on trouver une momie ? demanda-t-il.

– Dans le fin fond des pyramides, chuchota son beau-père, qui fut interrompu par la sonnerie de

son téléphone cellulaire. Oh! je ferais mieux de le mettre sur «vibreur»!

Sur le grand écran, le petit archéologue expliquait à son compagnon que l'incantation ferait revivre la momie et que celle-ci obéirait sans broncher à tout ordre. Perdu dans ses pensées, il ne se rendit pas compte que son collègue se trouvait dans le sarcophage, les bras pliés sur sa poitrine, telle une momie. Il ne savait pas non plus que la momie se tenait derrière lui, les bras levés de manière menaçante.

La momie allait se saisir du casque colonial de l'archéologue. La momie était vivante !

– Qu'on me frappe la tête avec un poulet ! s'exclama le petit archéologue.

Obéissante, la momie frappa la tête et les épaules de l'archéologue avec un poulet vivant.

– Aïe ! cria l'archéologue. Qu'est-ce que... ouille ! Mais, arrête ! Ça suffit ! Holà !

– Super ! dit Phinéas. Papa, c'est dur d'entrer dans une pyramide ?

– Oui, répondit Lawrence. Il faut souvent se méfier des pièges inventés il y a des siècles.

Sur l'écran, le film continuait. La momie marcha sur un bouton dans le plancher du tombeau.

– Stupide momie ! cria l'archéologue. Tu viens de déclencher l'un de tes propres pièges !

Immédiatement, des rochers s'ébranlèrent et des jets d'eau fusèrent des yeux des taureaux sculptés dans la pierre. Momie et archéologue s'enfuirent, évitant les colonnes géantes qui se désintégraient tout autour d'eux.

– Sauve qui peut ! cria l'archéologue.

Il y eut une énorme explosion au moment où ils atteignaient la sortie; ils l'avaient échappé belle.

– Trop génial ! dit Phinéas en se tournant vers son frère. Ferb, on doit se trouver une momie.

Phinéas rêvait à ce que serait sa vie si lui et Ferb avaient leur propre momie égyptienne. Qu'il serait agréable de se promener avec leur propre momie. Ils pourraient partager un lait fouetté aux fraises au comptoir de crème glacée; s'étendre sur l'herbe et regarder passer les nuages; aider la momie à tricoter l'écharpe la plus longue du monde; se balancer dans le parc; sauter du plongeoir de la piscine

municipale; se promener sur la plage; faire peur à Buford la Brute; avoir un mouchoir à leur disposition en tout temps; jouer aux échecs; aller à la pêche; faire du vélo; se pavaner devant les enfants de l'école. Ils seraient les seuls à avoir un ami de trois mille ans. Les possibilités étaient infinies.

– Ouais! ce serait formidable! s'exclama Phinéas. Papa, est-ce qu'on pourrait...

Mais Lawrence dormait à poings fermés. Il ronflait comme une locomotive.

– Viens, Ferb, dit Phinéas, on sera revenus avant qu'il se réveille.

Les garçons quittèrent leur siège à toute vitesse pour aller chasser la momie.

Chapitre 2

Candice plissa les yeux en voyant ses frères se diriger vers la sortie de la salle. Ils passaient leur temps à faire des bêtises. Mais, cette fois, ce serait différent; elle les surveillerait de près. Elle enjamba son beau-père endormi et suivit ses frères.

79

Phinéas, Ferb et Perry prirent l'allée, passèrent les portes battantes et arrivèrent dans le hall, où ils faillirent renverser une distributrice de gommes à mâcher. Candice était à quelques pas derrière eux. Malheureusement, sa tête se coinça dans les portes battantes. Aïe !

– Au fait, il est où Perry ? demanda Phinéas.

C'était bien étrange. L'ornithorynque était là, avec eux, quelques secondes plus tôt.

Les frères ne savaient pas que Perry, leur gentil petit animal de compagnie, était en réalité un agent secret travaillant pour une agence gouvernementale. Perry avait pour mission de contrecarrer les plans de domination du monde du Dr Heinrich Doofenshmirtz, un savant diabolique aux inventions à la fois brillantes et farfelues. Son fameux chapeau de feutre mou sur la tête, Perry se tenait devant un immense primate en plastique qui servait à illustrer le film *Grand primate*. L'estomac du singe s'ouvrit. Sans hésiter, Perry sauta dans

l'ouverture et se retrouva dans une voiture qui descendit une piste à fond la caisse. Sur l'écran vidéo de la voiture, l'image d'un homme aux cheveux blancs et à la moustache apparut. C'était le major Monogram.

– Bonjour, agent P, dit le major, Doofenshmirtz prépare encore un mauvais coup. Il s'est procuré plusieurs objets suspects.

Il commença à lire le texte écrit sur la feuille qu'il tenait à la main.

– Une livre de boudin... heu!... non... ça, c'est ma liste de courses... Ah! voilà! continua-t-il en prenant un autre bout de papier. Un aimant géant, une carte détaillée des égouts de la ville et deux tonnes de ferraille. Cette affaire est entre vos mains. Bonne chance, agent P.

Perry écoutait attentivement et prenait des notes.

La communication terminée, la voiture arriva au bout de la piste et s'envola.

Perry sauta habilement hors de la voiture et atterrit dans le fauteuil de pilotage d'un sous-marin. Il y avait trois boutons sur le tableau de bord – *Plonger*, *Pas plonger* et *Remonter*. Perry choisit « Plonger ». L'écoutille se referma. « Plonger, plonger, plonger », dit l'ordinateur du sous-marin.

Mais le véhicule heurta aussitôt le fond et ne put s'immerger qu'à moitié. L'eau n'était pas assez profonde. Dans un bruit de frottement, le véhicule avança en se traînant sur le fond.

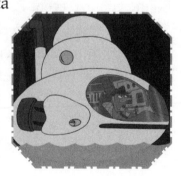

Dans le hall du cinéma, Phinéas s'approcha d'un jeune homme déguisé en Égyptien antique – il portait des sandales, un pagne, une coiffe et des bracelets, ainsi qu'une étiquette avec son nom sur sa poitrine.

– Monsieur l'employé, où est l'exposition de la momie ? demanda poliment Phinéas.

L'employé appuya sur le bouton de l'interphone mural.

– On demande l'aide du directeur en chef, dit-il d'une voix neutre.

Un homme plus âgé, vêtu de la même manière, s'approcha d'eux.

– Oui ?

– Ces garçons veulent savoir où se trouve l'exposition de la momie, dit l'employé.

– Elle est entreposée dans la cave, au sous-sol, répondit le directeur avant de tourner les talons.

Phinéas grimaça. Maintenant, il savait quoi faire.

– Devine qui va aller au sous-sol ? dit-il en courant.

Ferb le suivit de près.

Une femme portant des lunettes mauves en forme d'œil de chat s'approcha du jeune employé.

– Excusez-moi, dit-elle, où sont les toilettes ?

Le simili Égyptien appuya de nouveau sur le bouton de l'interphone.

– On demande l'aide du directeur en chef, répéta-t-il.

Le directeur réapparut.

– Oui ?

Les employés étant occupés, Phinéas et Ferb avaient la voie libre.

Accroupie derrière des plantes, Candice espion-
nait ses frères. Elle écarta quelques feuilles et les
vit passer par la porte de la cage d'escalier.

– C'est parti ! marmonna-t-elle.

Elle *savait* qu'ils avaient amorcé un autre de
leurs coups fumants. Mais, cette fois, ils ne s'en
tireraient pas aussi facilement.

Chapitre 3

Phinéas et Ferb se retrouvèrent dans une pièce pleine de poussière. Il y avait un seau de nettoyage, de vieilles boîtes et quelques objets égyptiens, dont une grande affiche épinglée au mur où on pouvait lire *Voyez la momie*. Phinéas aperçut une caisse d'équipement d'explorateur.

– Regarde, des casques coloniaux ! dit-il avec excitation. On est sur la bonne piste.

Les frères prirent chacun un casque, soufflèrent sur la poussière et les mirent sur leur tête.

Dans le hall d'entrée, Candice fulminait.

– Trop, c'est trop, dit-elle avec rage. J'appelle papa.

Elle s'assit sur le tapis et sortit un téléphone cellulaire rose. Elle composa le numéro de son beau-père et attendit qu'il réponde. Mais Lawrence dormait comme un bébé. Son cellulaire, réglé sur « vibreur », le chatouilla en vibrant dans sa poche. Il se mit à rire nerveusement, se recroquevilla confortablement dans son fauteuil et retourna à ses rêves.

Candice, ne recevant aucune réponse de son beau-père, referma son cellulaire.

– Tant pis ! dit-elle, dégoûtée. Je vais me débrouiller toute seule.

Elle s'élança vers la porte qu'avaient empruntée ses frères. En chemin, elle accrocha le cordon

de sécurité, dont les supports tombèrent l'un après l'autre comme une rangée de dominos. Le dernier à tomber heurta la gigantesque distributrice de gommes à mâcher. La partie supérieure de la machine, constituée d'une grosse sphère en verre remplie de gommes multicolores, se détacha de son socle et tomba avec fracas sur le sol du hall.

Candice entra en courant dans la cage d'escalier et trébucha sur le seau de nettoyage. Déséquilibrée, elle dégringola les marches en poussant un « aaaah » intense et soutenu.

Phinéas et Ferb ouvrirent la porte qui donnait sur le palier.

– T'as entendu ? demanda Phinéas. C'est peut-être la momie ! ajouta-t-il avec espoir.

Candice termina sa dégringolade au bas de l'escalier. Elle regarda ses pieds et grimaça.

– Ooh ! grogna-t-elle. Mes souliers sont tout trempés.

La sphère remplie de gommes à mâcher traversa le hall en roulant, poussa la porte de la cage d'escalier et déboula les marches. Phinéas et Ferb, entendant ce vacarme, se retournèrent et virent la sphère qui roulait, menaçante, dans leur direction. Ils descendirent l'escalier à toute vitesse. Rendus en bas, ils empruntèrent un corridor, mais la grosse sphère les poursuivait sans relâche. Ferb sauta sur les épaules de Phinéas, qui courait à toutes jambes.

– Heu ! Ferb, qu'est-ce que tu fabriques ? demanda Phinéas.

Ferb attrapa un tuyau attaché au plafond et se souleva dans les airs avec Phinéas greffé à lui. Ils firent un saut périlleux spectaculaire et se posèrent sur le dessus de la sphère qui poursuivait sa course folle.

– Waouh! s'écria Phinéas, plein d'admiration.

Phinéas s'amusait comme un fou.

– Je ne croyais pas que chercher une momie pouvait être aussi excitant! dit-il. Regarde ça!

Il se mit en équilibre sur les mains. Ferb se joignit à lui et, ensemble, ils multiplièrent les acrobaties. Ensuite, alors qu'elle filait à pleine vitesse, la sphère  pénétra dans une ouverture basse dans un mur, trop basse. Les garçons percutèrent le mur et retombèrent sur les fesses, leur casque toujours en place sur leur tête.

– Ferb! dit Phinéas, assis sur le sol, on a déjoué le premier piège.

Ils se tapèrent dans la main en signe de fraternité dans l'adversité.

Cette journée devenait beaucoup plus délirante qu'ils ne l'avaient espéré. Soudain, Phinéas vit ce qu'ils cherchaient: la porte de la cave.

Pendant ce temps, la frustration de Candice et sa rage à l'égard de ses frères atteignaient des sommets.

– Aaah ! grogna-t-elle, quand je les attraperai…

Soudain, elle arrêta de respirer. La sphère géante roulait dans sa direction. Elle hurla, puis elle tenta de se suspendre à un tuyau au-dessus de sa tête pour éviter la sphère. Mais le truc ne fonctionna pas comme il l'avait fait pour Ferb. Le tuyau n'était pas fixé. Elle le jeta et saisit immédiatement un autre tuyau, solide celui-là. Il lui permit de se faufiler dans le conduit d'aération suspendu au plafond. Bing ! Bang ! Boum ! Elle émergea à l'autre bout, toute décoiffée, avec une grosse bosse sur la tête et les vêtements déchirés et tachés. Mais la sphère, tenace, roulait toujours à sa poursuite, menaçante.

– Ça suffit maintenant…, lâche-moi ! cria-t-elle.

La jeune fille courait désespérément quand, à sa grande surprise, la sphère la doubla et poursuivit son chemin comme si de rien n'était. Elle regarda la sphère s'éloigner, puis elle marcha dans la direction opposée. Cette fois, elle avait vraiment eu chaud.

La sphère bondit sur une rampe qu'elle remonta jusqu'au palier supérieur. Elle roula ensuite vers l'ascenseur et toucha le bouton d'appel. Puis, elle recula jusqu'à la rampe et rebondit vers l'ascenseur, alors que les portes s'ouvraient. Elle y entra et les portes se refermèrent.

Un étage plus bas, Candice se dirigeait vers l'ascenseur. Elle avait hâte de retourner dans la salle de cinéma, où elle pourrait regarder le reste du film en toute sécurité. Elle appuya sur le bouton d'appel. Les portes s'ouvrirent et elle pénétra dans la cabine. Très vite, elle se rendit compte que la sphère se trouvait derrière elle. Elle hurla et s'extirpa de l'ascenseur avant que les portes ne se referment. Mais la sphère en fit de même et repartit à ses trousses.

La jeune fille dévala les marches jusqu'au sous-sol, puis descendit un autre escalier. La sphère la pourchassait toujours; elle rebondit sur le palier, hésita, puis amorça sa descente. Candice prit un couloir au bout duquel se trouvait une porte avec l'inscription « Réserve ». Au moment où elle ouvrit la porte, la sphère éclata comme un vieux pneu, répandant des petites boules colorées partout sur le sol.

Candice referma la porte et s'assit par terre pour se reposer.

Elle remarqua les petites boules éparpillées. Elle en prit une et y goûta machinalement.

C'était sucré et très très collant. De la gomme à mâcher, pensa-t-elle. Elle essaya d'ouvrir sa bouche, mais ses dents du haut et du bas restèrent collées ensemble. Au bout d'un moment, elle réussit à dire :

– Pouah ! cette gomme doit avoir dix mille ans !

Candice tenta ensuite de se relever en s'appuyant sur une étagère. Aussitôt, l'étagère se mit à trembler. Un pot de beurre à maïs soufflé se déversa sur sa tête et dégoulina partout sur elle, du beau beurre collant. Puis, une grande boîte de carton s'ouvrit et des rouleaux de papier hygiénique tombèrent sur elle, adhérant au beurre et enveloppant tout son corps. Candice sortit de la pièce en titubant aveuglément, les bras tendus en avant.

Elle ressemblait à une momie.

Dans son infâme malheur, elle n'avait qu'une personne à blâmer : Phinéas !

Chapitre 4

À première vue, c'était une scène digne d'un tableau des plus bucoliques. Des eaux cristallines serpentaient entre des collines verdoyantes. Plusieurs castors trimaient dur à construire leur barrage. Des montagnes couronnées de neige s'élevaient dans un ciel bleu sans le moindre nuage.

Et en plein milieu de ce paysage pittoresque reposait une grosse machine métallique. Dr Doofenshmirtz fredonnait joyeusement tout en traçant

des lettres rouges sur le côté de sa dernière invention.

– Voilà, j'ai presque fini, déclara-t-il. Encore une petite touche et c'est tout.

À sa grande stupéfaction, Perry surgit de nulle part et, d'un coup de pied adroit, fit sauter le pinceau de sa main. Le pinceau traversa la plate-forme en roulant, laissant une traînée rouge derrière lui.

– Perry l'ornithorynque, dit le savant avec un sourire bébête. Comme d'habitude, tu es incroyable... Et par « incroyable », je veux dire...

Il marmonna quelque chose d'inaudible. De toute manière, Perry n'écoutait pas; il planifiait déjà sa prochaine action.

Les deux ennemis se retrouvèrent face à face. Dr D. sortit un fusil à rayon et le déchargea sur Perry. L'ornithorynque fut instantanément enveloppé dans une bulle à paroi épaisse. Il tenta bien de s'enfuir, en sautant de toutes ses forces et en donnant des coups dans la paroi, mais sans succès.

– Tu perds ton temps, Perry l'ornithorynque, dit le méchant. Cette bulle ultra-résistante est impénétrable. Une invention diabolique à base de polymères surpuissants, précisa-t-il.

Le docteur exposa ensuite son plan farfelu.

– Tu vois, Perry l'ornithorynque, je vais libérer les eaux contenues derrière ce barrage pour qu'elles s'écoulent dans ce gigantesque tuyau qui mène directement à l'océan. Ce surplus d'eau va élever le niveau de la mer de deux pour cent et ma propriété située à un pâté de maisons de la plage deviendra une propriété riveraine.

Il se mit à rire comme un débile et ouvrit sa blouse pour montrer qu'il portait déjà sur lui des flotteurs aux bras et un maillot de bain. Puis, il referma sa blouse, la poitrine gonflée de fierté, avant de poursuivre son exposé.

– Et, pour libérer l'eau du barrage, j'ai inventé un laser qui attire le bois comme un aimant attire le fer : le Boisinator, que j'avais pratiquement terminé quand tu m'as interrompu brutalement... Oh ! regarde, Perry, voici mon pinceau, celui que tu as arraché de ma main il y a quelques instants.

Avec le pinceau encore humide, le savant dessina sur la bulle, devant le visage de Perry, des lunettes et une moustache.

– Essaie maintenant de m'enlever mon pinceau, hein ? Essaie donc pour voir. Ha, ha ! Au revoir, Perry l'ornithorynque !

Il poussa la bulle, qui tomba de la plate-forme et s'éloigna sur les eaux – avec Perry dedans.

Pendant ce temps, au cinéma, Phinéas et Ferb entraient dans la cave. La salle était remplie d'accessoires de films – des têtes de requin, des soucoupes volantes, des colonnes romaines, un grand dinosaure vert et... un sarcophage ouvert avec une momie à l'intérieur !

Phinéas répéta les incantations qu'il avait entendues dans le film : *Oh, wah, tah, goo, siam.* Il observa la momie avec espoir. Rien ne se passa. Il prit la momie par les jambes et la sortit de son cercueil. Aussitôt, elle se dégonfla comme un ballon crevé. Ce n'était qu'une momie gonflable.

Phinéas se renfrogna.

– Il n'y a rien que du toc par ici, de la foutaise promotionnelle, déclama-t-il.

Les garçons marchèrent vers la sortie. Phinéas se tourna vers Ferb pour lui parler, alors que Candice, toujours enveloppée comme une momie, surgit dans l'embrasure de la porte.

– Au fait, qu'est-ce qui nous prouve que les momies existent ? demanda-t-il.

Ferb montra du doigt la momie qui agitait ses bras. Phinéas se retourna et dit d'un ton sans réplique :

– Oui, une minute, je parle à mon frère.

101

– Phinéas ! grogna Candice.

Phinéas sursauta, estomaqué. La chose qui le menaçait, les bras tendus, était une momie ressuscitée. Il referma vivement la porte et s'enfuit, fonçant droit sur Ferb. Ils crièrent tous les deux en chutant, mais ils se relevèrent sur-le-champ et se mirent à courir. Candice la Momie les poursuivit.

Dans leur fuite effrénée, Phinéas et Ferb sautèrent dans la gueule béante d'une maquette de requin. Le requin de carton tomba par terre. Leurs jambes entremêlées, les frères marchèrent en crabe jusqu'au kiosque de *L'homme du safari 2* en 2D. Avec leur casque colonial, ils se fondaient parfaitement dans le décor. Candice, toujours enveloppée de papier hygiénique, ne pouvait voir où elle allait; courant en aveugle, elle s'écrasa contre l'affiche d'un film de bus.

– Phinéas! cria Candice.

– Waouh! s'ex-clama Phinéas. Je ne m'attendais pas à ce qu'une momie soit aussi effrayante.

Imagine l'esprit tordu qui se cache derrière ces bandages.

– Phinéas! hurla Candice alors qu'elle courait sans savoir où elle allait.

– Elle me donne la chair de poule, admit Phinéas. Mais tu sais quoi? Nous sommes venus ici pour trouver une momie, et je ne sors pas d'ici sans elle. Attrapons-la!

La chasse commença. Phinéas agrippa la momie et Ferb parvint à lui mettre un filet sur la tête. Puis, les deux frères sautèrent sur elle à pieds joints.

Mais, l'instant d'après, ce fut au tour de la momie de se tenir sur leur tête. Phinéas et Ferb s'enfuirent dans des directions opposées et la momie s'écrasa lourdement sur le sol. Ils trouvèrent ensuite les deux moitiés d'un sarcophage de bois et réussirent enfin à emprisonner la furie. Clac ! Mission accompli !

Phinéas était bien content de lui-même.

– Ça y est, Ferb, on l'a notre momie !

Les frères se tapèrent dans la main pour se féliciter mutuellement. Toutefois, un problème se posait.

– Comment va-t-on la ramener à la maison ? s'interrogea Phinéas.

Chapitre 5

– **V**oilà, j'ai terminé ! proclama Dr Doofenshmirtz.

Il venait tout juste de peindre le « R » qui manquait sur le côté de sa dernière invention, le Boisinator. Il appuya sur le bouton de démarrage. L'engin fit un « bip » et l'aimant géant émit une lueur suivie d'une forte décharge dirigée

vers le barrage des castors. L'aimant attira les branches du barrage qui s'y collèrent.

En s'enfuyant, les castors passèrent à côté de Perry, qui était dans sa bulle.

L'un des castors s'arrêta et regarda l'ornithorynque avec curiosité. Perry et le castor échangèrent des paroles. Puis, le castor ramassa une bûche près de lui et la rongea expertement, jusqu'à ce qu'elle devienne un cure-dents bien

pointu. Il se cura les incisives, jeta le cure-dents et attaqua la bulle de ses dents toutes propres. La bulle éclata. Perry était libre ! Les créatures se serrèrent la patte, se tapèrent la queue et se quittèrent dans des directions opposées.

– Ça marche ! s'écria le savant en ricanant diaboliquement.

Un clappement de langue familier attira son attention. Il se retourna. L'agent P le regardait, debout sur le tuyau de drainage, les mains sur les hanches.

– Perry l'ornithorynque ! hurla Dr Doofenshmirtz, surpris. Tu as crevé la super bulle diabolique ? Ça alors !

Il sortit son pistolet à rayon de la poche de sa blouse et lança une bulle en direction de Perry. Mais l'ornithorynque évita le rayon-bulle en sautant sur la plate-forme où se trouvait le méchant. La bulle géante se coinça à l'entrée du tuyau de drainage. Perry s'empara du pistolet et, dans la bagarre, appuya accidentellement sur la détente. Aussitôt, les ennemis se retrouvèrent prisonniers

dans une bulle qui flotta dans les airs, avant d'amerrir derrière le barrage.

Le barrage se désintégra. L'agent P et Dr D. furent entraînés dans un violent torrent. Heureusement, Perry avait plus d'un tour dans son sac. Il saisit le nez du savant et l'enfonça dans la bulle, qui éclata instantanément.

– Mon nez est vraiment si pointu que ça? s'étonna Dr Doofenshmirtz.

Puis, emporté par les eaux tumultueuses, il se mit à crier comme un damné. Perry réussit à battre le torrent de vitesse en courant dans un tuyau

relié à un vaste réseau sous la ville. Finalement, l'agent secret émergea dans le sous-sol du cinéma Pharaon. Il savait qu'il n'avait pas une minute à perdre.

Perry courait à toutes pattes dans le corridor du cinéma, mais le torrent le poursuivait.

Au même moment, Phinéas et Ferb, qui avaient installé le sarcophage sur des roulettes pour l'emmener chez

eux, entendirent un gronde-
ment sourd. Peu après, des
masses d'eau envahirent
l'endroit où ils se trouvaient.
Qu'à cela ne tienne, ils sautèrent sur le sarcophage et
s'en servirent comme
bateau pour glisser sur les
vagues.

– Ferb, je crois qu'on
va devoir affronter un
deuxième piège, annonça
Phinéas avec plaisir.

Puis, il vit Perry juste derrière eux et dit :

– Ah, te voilà Perry !

Le trio navigua sur les
vagues, avironnant ici
et là.

– Waouh ! s'écria
Phinéas, ravi.

Quelle extraordinaire
aventure ! C'était mieux qu'un

manège dans un parc d'attractions. Les frères levèrent leurs bras en poussant des cris de joie.

Cependant, la pression de l'eau s'élevait dangereusement, si bien qu'ils jaillirent tel un geyser de la tête du sphinx. Ils atterrirent sur le trottoir, en face du cinéma Pharaon. Phinéas, Ferb, Perry et Candice

étaient assis sur le sol, parmi les restes du sarcophage de bois et de nombreux débris de papier hygiénique.

– Hé, Candice ! dit Phinéas. Tu as raté le meilleur. Laisse-moi te présenter notre momie… Ben, elle est où la momie ? Momie ! Mooomie !

Sur ces entrefaites, leur père s'approcha d'eux.

– Tu verras ta mamie à ton anniversaire, dit-il. Et toi, Candice, pourquoi es-tu toute trempée ?

Candice grogna, mécontente. Phinéas et Ferb s'en étaient bien tirés, une fois de plus.

Dans la voiture, sur le chemin de la maison, Candice, Phinéas et Ferb étaient assis sur la banquette arrière. Perry était étendu sur les genoux de Candice, profondément endormi.

Ferb parla pour la première fois ce jour-là.

– Vous savez, dit-il, on retire le cerveau des momies par leur nez.

Candice soupira.

– Tant mieux pour elles ! grommela-t-elle.

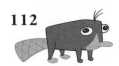